Biarritz, vague d'amour

Maud Bédiée

Biarritz, vague d'amour

Recueil

LE LYS BLEU
ÉDITIONS

ISBN : 979-10-377-2072-6

Préface

La ville de Biarritz est l'écrin dont Maud Bédiée est la perle.

Là est son port d'attache, là est son refuge. Dans le sillage de ses beaux poèmes, il nous prend l'irrépressible envie de faire escale.

Ces flots nourrissent notre vague à l'âme, dans cette ville ouverte sur l'horizon, sur l'océan et sur le monde, multiple dans son unicité secrète, mais qui est aussi une terre de partage, tant la poésie de Maud Bédiée est une invitation à la danse, valse d'antan, valse musette, valse magique, valse muette, il y a dans ces vers musicaux toute la mer qu'on voit danser le long des golfes clairs, les montagnes basques, les images colorées de Biarritz, les îles fortunées, la Corse, la Sicile ! Et l'on pense irrésistiblement à la « Marine » que nous délivre Paul Verlaine dans ses « Poèmes saturniens » :

Et que chaque lame,
En bonds convulsifs,
Le long des récifs,
Va, vient, luit et calme.

Pouvait-on mieux dire ? Laissez-vous bercer par cette vague d'amour, vous y verrez des étoiles, de mer !

Daniel Ancelet

Se retirer

Allongée sur le dos
Les yeux mouillés, mi-clos,
À peine découverte
Les lèvres entre-ouvertes,

Elle écoute les vagues
Avancer, reculer,
Les accents, les bruits vagues
Respirant cet été.

Happée par tout le flux
Sonore et continu,
Elle se laisse bercer
L'esprit en doux retrait.

En retrait, si loin d'elle,
L'Atlantique l'attire
Tendrement pour lui dire
Que la nature est belle !

Belle Biarritz

Ô toi, amoureuse de tes baigneuses
Qui glissent sur tes crêtes écumeuses !

Belle Biarritz, l'océan ardemment
Crie ses vagues d'amour intensément.

Ô toi, rieuse de tes goélands
Qui strient le ciel mué en ballet blanc !

Belle Biarritz, d'empire prestigieuse
Les tourelles s'élancent, lumineuses.

Au cœur de l'éternel, Biarritz, je t'aime !

Sous le même soleil

Les goélands criaient
Au bord de l'océan

Les enfants pataugeaient
Fous rires éclatants

Les serviettes couvraient
Le sable fin et chaud

Les avions blancs zébraient
Au-dessus des oiseaux

Les gens pressés visaient
Le moindre rendez-vous

L'heure des trains sonnait
Le roulis sans remous

Les vendeurs exhibaient
Friandise alléchante

Têtes chenues serraient
Leur canne tremblotante

Les surfeurs se dressaient
Sur planche sans armure

Les magasins enflaient
De luxe de parures

Et les hommes mouraient
De faim, de soif, de peur

Sous le même soleil
De midi et d'ailleurs.

À vélo

Cadence,
Propulse ton pied,
Danse !
Pulse ton pied ailé.

À mes côtés tu glisses
Excite la vitesse
Sous les nuages lisses
L'air bleu nous caresse
Et nous coupe.

Coupe la peau
Piquée parfois
Trouée de pores
Puante d'émoi.

Moi et toi serrés dehors
Synchrones jamais atones alors
Mais motivés par l'énergie
Ce puissant courant de vie.

Au bord de la frénésie, du bien,
Frisant les virages rebelles,
Le chaos des routes en dentelles
Un déséquilibre de trop, pour rien.

Mon frère, je perdis ta trace,
À l'orée d'une crevasse,
Mon frère, ce temps n'est qu'un passage,
Le corps en avant traverse les âges.

Grains de sable

Sur ma grande plage
Blanche et sans nuage
Seule et sans souci
J'écris à la vie.

Des algues vertes iodées
Alanguies et échouées
Sur le sable chaud d'été
N'attendent que la marée.

Pêle-mêle

Tempête noire océanique
Tant redoutée par les Biarrots
Et les marins de l'Atlantique
Transis amoureux du ciel beau.

Quand le vent violent et l'averse
Brisent le bal de l'océan
Les bateaux volent ou plongent un temps
Tout se renverse.

Le littoral fourbu de fouets
Acérés d'écume endiablée
Creusé de morsures amères
Fou de colère.

Au matin cesse la furie
Paysage pêle-mêle et flou
La douce accalmie est debout
La renaissance de la vie.

Le marché des halles

D'étal en étal
Les Biarrots flânent
Dans ce régal
Les sens se pâment.

Fort coloré
Aux humeurs gaies
Vit ce marché
Chéri, prisé.

Les lèvres en fleur
Cueillent le bonheur
Boivent l'izarra
Goûtent l'axoa.

Alors, cher lecteur,
Rendez-vous aux Halles ?
Au cœur du dédale
Basque de saveurs…

G7 à Biarritz

- G comme une gourmandise ?
7 comme porte-bonheur ?
Biarritz une rare fleur
Au sommet des friandises.

- Oui, si Biarritz était une fleur…

- G, une lettre adossée
Au chiffre 7 angulaire
Un tissage d'amitiés
Entre eux seuls et pour la terre ?

- Oui, si Biarritz était un couple…

- G7 plein de 7 génies
Lumineux, vifs et sagaces
Qui sauveraient de la nuit
Les gens meurtris dans l'angoisse ?

- Oui, si ce n'étaient des hommes
Dirigeants de la planète
Réunis avant l'automne
Sous pression pour la conquête.

Les Trois couronnes (Aiako Harria)

À l'horizon de l'océan,
La montagne embaumée de blanc
Voilée d'embruns et de mystères
Épouse les terres frontières.

Aux contours flous et disparates
Elle interroge l'infini,
Tricote du bleu à l'envi,
Dégradé, outremer, verdâtre.

Coiffée du ciel, chaussée de sel
Elle charme les vagues plurielles
Telle une déesse amphibie
Résonne de sa voix la nuit.

À l'ondulation atlantique,
La montagne répond statique.
Au cœur du constant mouvement
Elle s'érige éternellement.

Fulgurances

Vertige amoureux
Déséquilibre invisible
Vestige des cieux.

Présence à la vie,
Éclat d'un instant
Saveurs du temps…

Lumière et jalousie

Sitôt que de beauté la femme est habillée
En naissant de l'écume et de la côte basque,
À son insu elle sème de jalouses frasques
Obscurcies et nourries par sa lumière innée.

De Vénus inspirée, bercée par l'océan,
Les vagues la modèlent et rythment son esprit
À l'abri des envieux d'acidité épris
Loin des mots assombris, à l'écoute du vent.

Baiser

Cœur embrasé d'amour pour toi
Secoué de transports, d'émois,

Dis-moi encore avec tes yeux
Que notre amour tutoie les cieux !

Baiser suave de la marée
Qui ondule sur toi,

Baiser pimenté perroquet
Qui picote sur toi,

Baiser chatouillé de félin
Qui glisse sur toi,

Baiser plongé des sous-marins
Qui se noie en toi…

Je t'aime à la surface
Et dans les profondeurs.

Baiser suave de la marée
Qui ondule sur toi,
Baiser pimenté perroquet
Qui picote sur toi,
Baiser chatouillé de félin
Qui glisse sur toi,
Cœur embrasé d'amour pour toi
Secoué de transports, d'émois,
Dis-moi encore avec tes yeux
Que notre amour tutoie les cieux !
Baiser plongeon des sous-marins
Qui se noie en toi...
Je t'aime à la surface
Et dans les profondeurs.

Le temps d'aimer à Biarritz

Le temps d'aimer à Biarritz
Se savoure fin septembre
Quand la danse exulte, cambre
Et glisse jusqu'aux récifs.

Immergée dans les p'tits pas
De deux, trois, à contretemps,
La ville saute de joie
Et valse le cœur battant.

Grands parcours chorégraphiques
Les lieux traversés de danse
Étirent les sens, en transe
Gigabarre océanique.

Et la Gare du Midi,
Gardienne du corps fatal
File le fin festival
Tisserande d'infini…

Biarritz dansera toujours
La fête du temps d'aimer
L'art de la danse érigé
Côté jardin, côté cour.

Les mots et la danse

Un pas de trop
Un regard haut
Le mot sombre.

Quelle distance
Soutenable
Entre la danse
Et les vocables ?

Un geste fort
Accompagné à tort ?
Le silence
Est sa cadence.

Un geste au cou
Caresse les mots doux,
La danse sensuelle
S'entend de plus belle !

Les mots claquent
Se contractent
Le corps et l'esprit
C'est la poésie.

Biarritz-Cauterets

Dès le lever du soleil
Lissé d'une neige tendre,
Tendue je ne puis attendre
De beauté je m'émerveille !

Chaussée de skis et de liesse
Je m'éclabousse de blanc
Glisse à l'écoute du vent
Quelle ivresse la vitesse !

Sous les semelles résonnent
Cailloux, plaques de verglas,
Les bosses, cahots, m'étonnent
Me poussent vers l'au-delà

Des pistes, dans la poudreuse
Je m'engouffre à vive allure,
De cette neige amoureuse,
J'en épouse la texture.

Cauterets offre aux skieurs
Pistes damées ou sauvages,
Vous traversez haut les âges
Inspirant le pur bonheur.

Cap sur la Sicile

Montagne de Sicile, insolente beauté
Rebelle entre violence et douce volupté
Si tu ploies sous la rouge flamme
De feu et d'amour tu es femme.

Si j'étais un oiseau j'y prendrais mon envol,
Mais je foule ta lave et arpente ton sol
D'où naîtra une culture
Végétale : quelle nature !

Sicile, tu renais de ton profond volcan
Transformant toute cendre en un engrais puissant
Mortifère ou fertile envie
Toi le chaos ou l'harmonie.

Cap Corse

Élise,
Accompagnée de tes valises
Savoures-tu cette île exquise ?
Sans coup férir tu l'as conquise
Hissant voiles sans couardise.

Élise,
De la mer Méditerranée
Tu manqueras à l'Atlantique
À tes collègues euphoriques
De t'avoir connue, bien aimée.

Élise,
Que tes yeux ne cessent de rire
D'aimer à loisir ce Cap Corse !
Que dans ton cœur soient souvenirs
Basques béarnais, sans entorse !

Poupy, berger basque

Petite boule noire,
Aux oreilles dressées
Elle enroule l'espoir
Déroule la gaieté.

Ma petite Poupy
Poupette de beauté
Coquine à l'infini
Elle guette les fessées.

Le sable est aussitôt
Prisé par son museau
Qui plonge, à froid, à chaud,
Grisé par ce chaos.

De la queue elle frétille
Gourmande grandement
Pour si peu se tortille
Irrésistiblement.

Fidèle et dévoué
Aujourd'hui aux quidams
Autrefois aux bergers
Le chien élève l'âme.

La laisse

Dès l'aube, à l'heure encore endormie,
J'erre sur le sable et les débris
Dans les pas tracés de l'océan

Englués dans les algues mouillées
Effleurant le tendre bois flotté
Mes pieds respirent le sol mouvant.

Rêvant de nature sans plastique
Ma joie s'insinue à folle allure
Dans cette onduleuse tresse pure !

Les goélands argentés repiquent
Les offrandes de la mer salées :
Quel opéra de cris éraillés !

Espace

Espace du dedans
Tissé d'intimes chants,
Espace du dehors
Troué de désaccords.

Espace du soleil
Trait d'union, étincelle,
Le ciel scellé au cœur
Sans frontière, sans peur.

Espace océanique
Invincible Atlantique
Accordé à la lune
S'échouant sur les dunes.

Le paradis

Dans ce jardin d'amitiés
Où les langues se délient,
Les rires fusent l'été
Sans retenue, sans abri.

Cueillant cet instant, ici,
Les amis jouent, librement,
Le cœur en fête, battant
La pulsation de la vie.

Loin du jugement acide
Des yeux peureux ou avides,
Les convives délestés
De ce poids sont libérés.

En confiance et confidence
Ils exultent d'être en vie
Dans cet espace fleuri
De bonheur et de mercis.

Les saisons du cœur

Cœurs sucrés en été
Rebondis d'énergie

Cœurs amers en hiver
Engourdis et transis

Cœurs brillants au printemps
Les soleils se réveillent

Cœurs atones en automne
Sans raison hors-saison.

Plaidoyer pour la terre

Pilleurs de la nature qui se défigure
Décroissez, stoppez l'activité, la folie
Qui ne vise que le profit sans l'harmonie !
Cessez ce massacre qui charrie des blessures.

Pilleurs sans cœur de la terre mère et du ciel
Sortez de l'incendiaire rentabilité
Meurtrière de la planète ensanglantée.
Renouez avec vos racines et l'essentiel :

Cette nature ne nous appartient pas, nous lui appartenons.

Notre paradis est sur terre, dans la vie,
La vie de la forêt, de l'océan, de l'air
La vie des marées, des animaux, de la pierre
La vie des humains, des végétaux, de la pluie.

Liés à la nature nous vivons en son sein
Il faut en prendre soin, que rien ne dénature !
Sauvons les peuples racines de leur culture
Menacés par les monstres du désir sans fin.

Sentir le poumon de la terre dans un souffle uni à la mère.

Femme poupée

Femme lisse, figée,
Que fixes-tu sans cesse ?
Étrangement, progresse
L'âge et sa liberté.

Femme lisse, glaciale,
Pourquoi tout effacer ?
Le mouvement vital
Rides juste esquissées.

Visage botoxé
À l'excès étiré
De la vie prisonnier.

Ô toi, une poupée
Qui ne veut pas grandir
Qui ne veut pas mourir.

Femme vivante, épique,
Clame la liberté
D'être belle et ridée
Ton histoire est unique !

Ton corps, ton épopée
De crevasses strié
Ton visage solaire
De naturel s'éclaire !

Ce ciel a ce bleu…

Ce ciel a ce bleu
Qu’on ne voit qu’à deux,
Le vent la douceur
De notre âme sœur.

Ce ciel a ce rose
Cambré de symbiose
Ruisselant d’embruns
Matinal parfum.

Ce ciel a ce jaune
De feu une lionne
Qui nous illumine
Et chauffe nos mines.

Seul l’amour embrase
Tout le paysage
L’étincelle d’or
Dans le cœur dehors.

Palmiers

Phares de la cité
Arborez la beauté
L'élégance exotique
Myriade magnétique
Immuables du ciel
Enlacés de soleil
Rayonnez de victoire
Sous la palme de gloire.

Flots d'idées

Quand une question s'ancre
Elle creuse votre esprit
Résonne et s'agrandit
Fait ricochet sur l'encre.

Cette énigme vous happe
Siège dans votre corps
Malgré vous tient le cap
À raison ou à tort.

Comment s'en délivrer ?
Respirer librement
Se réjouir des beautés
Profiter de l'instant.

Pourtant cette pensée
Gouvernée par des forces
Inconscientes, féroces
Ne cesse d'exulter.

Alors que l'océan
Devient calme aisément
L'âme secoue encore
Flots d'idées sans accord.

L'invisible

Le monde invisible

Secret, éprouvant

Se lie, indicible,

Avec tous les gens.

Confinés aux confins de soi

Avant, tous les jours, on dansait
Dehors, dedans, peu importait,
Dans le vent frais on sautillait
Les sommets ivres on respirait.

Aujourd'hui, la porte est bien close
Rempart contre l'épidémie,
Le monde en sursis tient la pause,
Petite mine loin d'autrui.

Mais grande envie de dépasser
La peur de l'immobilité
Qui serpente l'âme serrée
Tel un cloporte ensanglanté.

Alors ouvrez le corps, vivant
Léger ou ténébreux, un temps,
Pour créer toutes les images
Et embrasser un beau voyage.

Lire, découvrir un regard,
Se glisser dans la peau d'autrui,
Des paysages se créent, tard,
Ensoleillés de couleur, la nuit.

Écrire aux confins de soi
Crier son chaos, ses joies,
Les mots dansent, pulsent, résonnent
L'esprit en cadence questionne.

Avant, tous les jours, on courait,
Aujourd'hui les mots se chevauchent
Accélèrent, suspendent, s'accrochent
Pour dynamiser le phrasé.

Est-il une utopie ?

Ce monde sans cloisons
Affranchi de barrières
Impulsé de lumières
De cœur et de raison

Ce monde universel
D'eau, de feu, d'air, de ciel
Où passent créatures
Au sein de la nature

Ce monde où les espèces
Cohabitent sans heurt
Échangent avec bonheur
Le soleil, la paresse

Ce monde bigarré
De cultures variées
De racines puissantes
De paroles saillantes

Ce monde harmonisé
Par des normes communes
Concordes éclairées
Pleine de sens chacune

Est-il une utopie ?

Table des matières

Imprimé en Allemagne
Achevé d'imprimer en décembre 2020
Dépôt légal : décembre 2020

Pour

Le Lys Bleu Éditions
83, Avenue d'Italie
75013 Paris